Título original en gallego: *O galo Quirico*

Colección **libros para soñar**

© del texto: Tareixa Alonso, 2001
© de las ilustraciones: Alicia Suárez, 2001
© de esta edición: Kalandraka Editora, 2015
Rúa de Pastor Díaz n.º1, 4.º A - 36001 Pontevedra
Telf.: 986 860 276
editora@kalandraka.com
www.kalandraka.com

Impreso en Imprenta Mundo, Cambre
Primera edición: febrero, 2002
Quinta edición: junio, 2015
ISBN: 978-84-8464-120-9
DL: PO.007.02

Adaptación de **Tareixa Alonso** a partir del cuento popular

Ilustraciones de **Alicia Suárez**

El gallo Quirico

kalandraka

Había una vez un gallo, el gallo Quirico,
que estaba invitado a la boda del tío Perico.

Como era
muy presumido,
se arregló bien
las plumas,
la cresta y el pico
y se puso
en camino.

En medio de una boñiga
se encontró a un gusanito,
que le dijo:

—¿Adónde vas, gallo Quirico?

—A la boda del tío Perico
   —contestó el gallo.

—¿Puedo ir contigo?

—No, no te llevo, gusanito,
   porque eres muy chiquito.

—Quiero ir, gallo Quirico
   —insistió el gusanito.

—De acuerdo, te llevaré,
   pero dentro de mi buche.

Y, de un picotazo,

el gallo Quirico se lo tragó,

sin darse cuenta

de que el pico se manchó.

El gallo Quirico siguió su camino
y, como era tan presumido,
fue a mirarse en el río.
Al verse, muy preocupado, dijo:

—Con el pico cochambroso

estoy horroroso.

Buscaré quien

me lo limpie bien.

Pasó cerca de una huerta
y preguntó
a una lechuga:

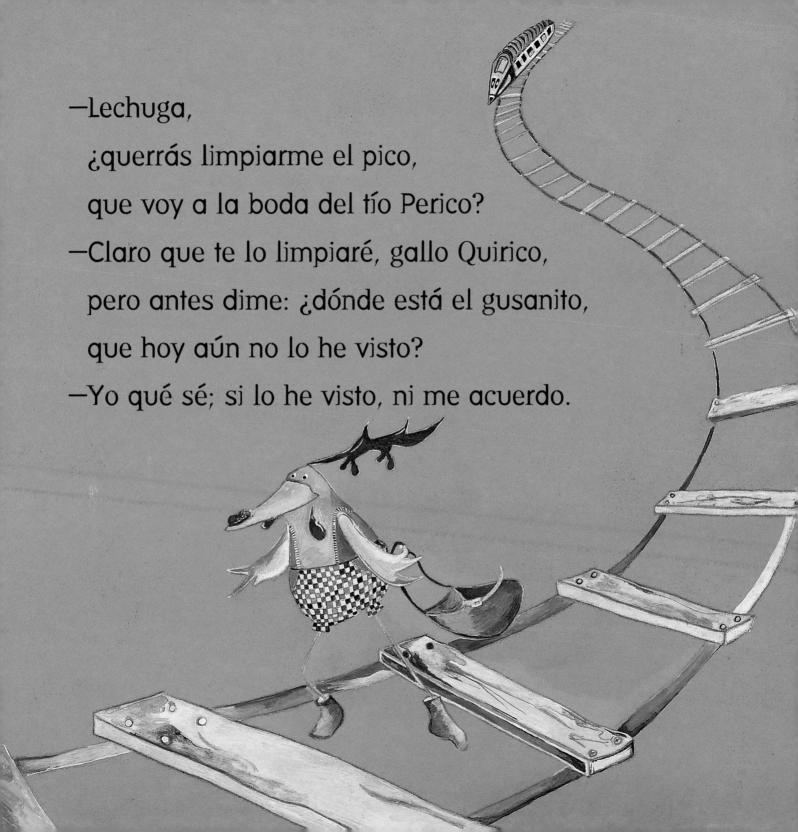

—Lechuga,
   ¿querrás limpiarme el pico,
   que voy a la boda del tío Perico?
—Claro que te lo limpiaré, gallo Quirico,
   pero antes dime: ¿dónde está el gusanito,
   que hoy aún no lo he visto?
—Yo qué sé; si lo he visto, ni me acuerdo.

Y desde dentro del gallo

salió la voz del gusanito,

que los dejó asustados:

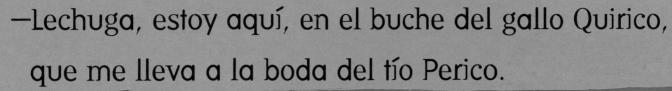

—Lechuga, estoy aquí, en el buche del gallo Quirico,
que me lleva a la boda del tío Perico.

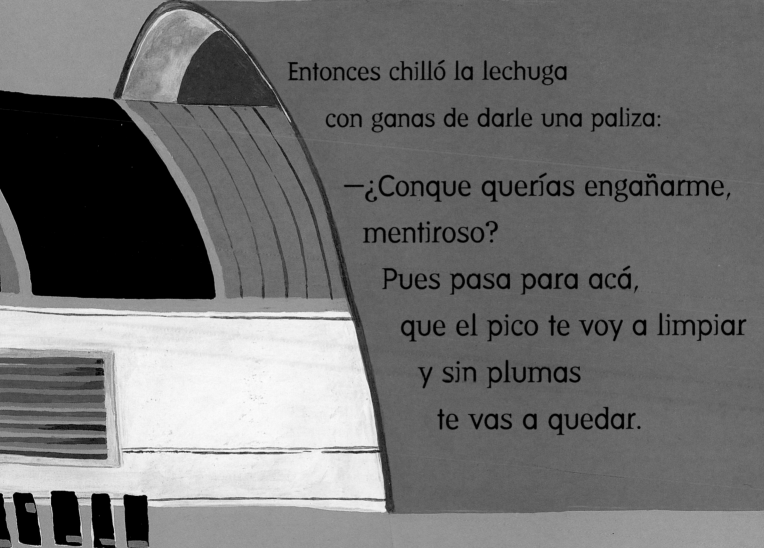

Entonces chilló la lechuga

con ganas de darle una paliza:

—¿Conque querías engañarme,
mentiroso?

Pues pasa para acá,

que el pico te voy a limpiar

y sin plumas

te vas a quedar.

Casi volando, se escapó de allí el gallo Quirico,
con la mancha en su pico.
Y no paró...

... hasta que se encontró
delante de los cuernos de una cabra.
Se recompuso enseguida y le preguntó:

—Cabrita,

   ¿querrás comer la lechuga,

   que no quiso limpiarme el pico

   para ir a la boda del tío Perico?

—Claro que la comeré, gallo Quirico,

   pero antes dime: ¿dónde está el gusanito,

   que hoy aún no lo he visto?

—Yo qué sé;

   si lo he visto, ni me acuerdo.

Y el gusanito, confiado,

habló desde dentro del gallo:

—Cabrita, estoy aquí,

en el buche del gallo Quirico,

que me lleva a la boda

del tío Perico.

Y la cabra, muy cabreada, dijo:

—¿Conque querías engañarme, patrañero?

Te vas a enterar

con la cornada que te voy a dar.

Y lo embistió de tal manera

que el gallo Quirico salió disparado

hasta darse contra un palo.

Entonces, medio deslomado,

se levantó y le preguntó:

—Palo,

¿querrás pegarle a la cabra,

que no quiso comer la lechuga,

que no quiso limpiarme el pico

para ir a la boda del tío Perico?

   —Claro que le pegaré, gallo Quirico,

   pero antes dime: ¿dónde está el gusanito,

   que hoy aún no lo he visto?

   —Yo qué sé;

   si lo he visto,

   ni me acuerdo.

Y, desde dentro del gallo, de nuevo se oyó:

—Palo, estoy aquí,
en el buche del gallo Quirico,
que me lleva a la boda
del tío Perico.

—¿Conque querías
engañarme, embustero?
Pues a ti pegaré primero.

El gallo se escapó, rabioso, y llegó a un bosque.

Allí se encontró una hoguera y le preguntó al fuego:

—Fuego,

¿querrás quemar al palo,

que no quiso pegar a la cabra,

que no quiso comer la lechuga,

que no quiso limpiarme el pico

para ir a la boda del tío Perico?

—Claro que lo quemaré, gallo Quirico,

pero antes dime: ¿dónde está el gusanito,

que hoy aún no lo he visto?

—Yo qué sé;

si lo he visto, ni me acuerdo.

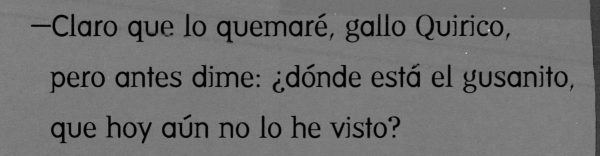

Y desde dentro del gallo se volvió a oír:

—Fuego, estoy aquí,
en el buche del gallo Quirico,
que me lleva a la boda
del tío Perico.

Y el fuego resopló,

chamuscándole las plumas,

la cresta y el pico:

—¿Conque querías engañarme, tramposo?

Pues ahora tú arderás

por delante y por detrás.

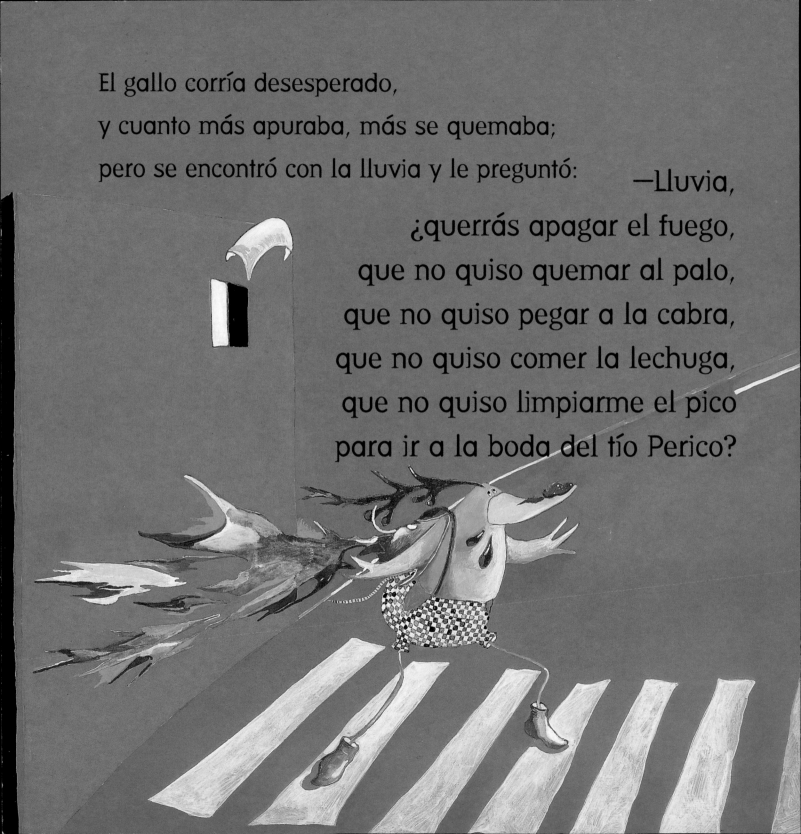

El gallo corría desesperado,
y cuanto más apuraba, más se quemaba;
pero se encontró con la lluvia y le preguntó:
—Lluvia,
¿querrás apagar el fuego,
que no quiso quemar al palo,
que no quiso pegar a la cabra,
que no quiso comer la lechuga,
que no quiso limpiarme el pico
para ir a la boda del tío Perico?

—Claro que lo apagaré,
gallo Quirico,
pero antes dime:
¿dónde está el gusanito,
que hoy aún
no lo he visto?

—Yo qué sé;
si lo he visto,
ni me acuerdo.

Y, desde dentro del gallo, se oyó finalmente:

—Lluvia, estoy aquí,
en el buche del gallo Quirico,
que me lleva a la boda
del tío Perico.

Y entonces la lluvia canturreó,
mientras lo mojaba:

—¿Conque querías engañarme, embustero?
Pues, para ti, un chaparrón entero.

Empapado y destrozado,
llegó el gallo Quirico
a la casa del tío Perico.

Llamó a la puerta
y abrió la cocinera,
que al verlo dijo:

—¡Vaya gallo tan curioso!
¡Dará un guiso apetitoso!

Lo cogió por el pescuezo
y se lo llevó a la cocina.

Desplumado y destripado,
dio un suculento arroz guisado.

Y lo sirvió en el banquete,
para deleite de toda la gente.

Y así fue como el gallo Quirico

participó en la boda del tío Perico.

¿Y qué fue del gusanito?

Pues...

que cuando la cocinera

puso el gallo en la cazuela,

el gusanito pudo escapar

y las perolas se puso a raspar.